On ne frappe pas!

J'apprends à contrôler ma colère

Martine Agassi, Ph.D.

Illustrations de Marieka Heinlen
Texte français de Claude Cossette

Éditions SCHOLASTIC

Catalogage avant publication de
Bibliothèque et Archives Canada

Agassi, Martine, 1966-
On ne frappe pas! : j'apprends à contrôler ma colère /
Martine Agassi ; illustrations de Marieka Heinlen ;
texte français de Claude Cossette.

Translation of: Hands are not for hitting.
ISBN 978-1-4431-0677-1

1. Colère--Ouvrages pour la jeunesse.
I. Heinlen, Marieka II. Cossette, Claude III. Titre.

BF723.A4A4314 2011   j152.4'7   C2010-906586-7

Édition publiée par les Éditions Scholastic,
604, rue King Ouest, Toronto (Ontario)   M5V 1E1
avec la permission de Free Spirit Publishing, Inc.

5 4 3 2 1   Imprimé au Canada   114   11 12 13 14 15

Conception graphique : Marieka Heinlen

À J.C. dont la loyauté est, pour moi, source
de détermination, de force et de paix.
—M.A.

À ma mère et à mon père qui,
avec leurs paroles d'encouragement,
m'ont aidée à croire en moi.
—M.H.

Remerciements

Merci Andre; tu ne sauras jamais combien ta générosité a enrichi nos vies à tous dans la famille.

Mille mercis à mes parents, Mona et Jack, de toujours avoir été mon filet de sécurité. Je vous en suis infiniment reconnaissante.

À ma fille, Carter : L'amour de Dieu est toujours en toi. Merci de semer la joie dans mon cœur.

Enfin, à mon mari, Phillip : Merci de toujours encourager chacun de mes rêves. Grâce à toi, je suis devenue une personne meilleure.

Chers adultes,

C'est un grand privilège de faire partie de la vie d'un enfant, qu'on soit parent, beau-parent, professeur, éducateur, animateur de groupes ou ami. C'est aussi une grande responsabilité. Une partie de notre travail à nous, adultes attentionnés, est de transmettre et de cultiver des valeurs pour guider l'enfant maintenant et à l'avenir. Parmi les valeurs les plus importantes figurent la non-violence et la volonté d'agir de manière pacifique.

Nous devons aider les enfants à comprendre que la violence n'est jamais acceptable et qu'ils sont capables de gestes constructifs et affectueux – c'est-à-dire de faire de bons choix. Ce sont là les thèmes essentiels abordés dans *On ne frappe pas!* Ces thèmes vont de pair avec des messages d'amour, de gentillesse, d'acceptation, de responsabilité, de patience, d'encouragement, de persévérance, d'honneur et de loyauté. Tous les enfants peuvent apprendre à utiliser leurs mains pour prendre soin d'eux-mêmes et des autres. *On ne frappe pas!* a été conçu pour la lecture à voix haute avec un enfant, un groupe ou une classe. Le livre donne des raisons simples et directes qui expliquent pourquoi frapper est dangereux et malsain. Il encourage les enfants à réfléchir aux comportements qui favorisent l'estime de soi, la conscience de soi, le respect, la sollicitude, la responsabilité et le plaisir, mais aussi à mettre en pratique ces comportements. À la fin du livre, vous trouverez de l'information de base, des suggestions d'activités à faire ensemble et des ressources qui soutiennent et enrichissent le message véhiculé.

J'espère que vous lirez et relirez ce livre aux enfants afin qu'ils comprennent et apprécient toujours plus leurs propres capacités. Insistez sur le fait que tous les enfants ont le pouvoir d'utiliser leurs mains – et le reste de leur corps – de manière positive.

Bon succès!

Amitiés,

Marti

Les mains ont des formes, des grandeurs et des couleurs très variées.

Tu peux faire beaucoup de choses avec tes mains.

Tu peux dire bonjour.

Tu peux saluer et communiquer avec tes mains.

Tu peux faire des gestes amicaux, comme donner une poignée de main.

Vas-y. Serre la main de la personne à côté de toi.

Tu peux saluer un ami de la main.

Tu peux dessiner ou écrire.

Je peux raconter une histoire avec mes mains.

Il y a quelque chose qu'on ne fait PAS avec les mains.

On ne frappe pas. Frapper n'est pas gentil.

Frapper fait
mal aux
autres.

Qu'est-ce qu'on ressent quand quelqu'un nous frappe?

On a mal. On a aussi de la peine.

Excuse-moi.

Pourquoi est-ce qu'on frappe?
Parfois, on se sent…

Parfois, il y a des personnes qui aiment donner des ordres aux autres.

Est-ce que tu t'es déjà senti comme ça?
Tu as peut-être déjà voulu frapper quelqu'un.

Mais on ne frappe pas.

Il existe d'autres façons
d'exprimer ses émotions.

Mmm mmm

On peut utiliser les mots.

Et toi, peux-tu trouver d'autres façons d'exprimer tes émotions?

Au bout d'un moment, tu te sentiras mieux.

Alors, tes mains et toi pourrez retourner jouer.

Il y a toutes sortes de façons de s'amuser avec ses mains.

Et toi, comment t'amuses-tu
avec tes mains?

Tes mains te permettent d'apprendre. Tu les utilises pour compter, faire des boucles, peindre et poser des questions.

On peut faire de la musique avec ses mains : claquer des doigts ou taper des mains pour marquer le rythme.

Et toi, peux-tu marquer le rythme avec tes mains?
Essaie pour voir!

On peut travailler ensemble avec nos mains.

On joue, on apprend et on construit avec les mains.
On ne frappe pas. Frapper n'est jamais acceptable.

Alors, qu'est-ce que tu peux faire quand toi et ton ami,
vous n'êtes pas d'accord?

Vous pouvez essayer de régler le problème ensemble.

Vous pouvez en parler.

Vous pouvez écouter.

On peut le reconstruire.

Tu peux essayer de comprendre comment ton ami se sent.

Ton ami peut essayer de comprendre comment tu te sens.

Vous pouvez trouver des façons de vous mettre d'accord.

Que fais-tu si ton ami crie,
donne des coups de pied,
te pousse ou te frappe?

Tu n'as pas à rendre la
pareille. Tu peux t'en aller.

Tu peux trouver autre chose
à faire ou quelqu'un d'autre
avec qui jouer, ou tu peux
demander de l'aide à
un adulte.

maman   ma sœur

mon professeur   grand-papa

Tu peux dire à ton ami : « On ne frappe pas. »

Tes mains peuvent t'aider à te protéger.

Réfléchis à toutes les façons dont
tes mains peuvent t'aider à te protéger.

Un coup de main,
ça fait plaisir!

Il y a de nombreuses
façons d'aider avec
les mains.

Comment peux-tu donner un coup de main?

Tu peux prendre soin
de toi avec tes mains.

26

Tu te sers de tes mains pour enfiler ton pyjama,
te laver le visage, te peigner, te brosser les dents
et éteindre la lumière avant d'aller au lit.

Et toi, que fais-tu pour prendre soin de toi?

Tu peux utiliser tes
mains pour aider.

Tu peux prendre soin
de toi avec tes mains.

Tu peux utiliser tes mains
pour rester en santé et en sécurité.

On ne frappe pas avec les mains.

Les adultes non plus ne
doivent pas frapper.

Frapper fait
mal aux autres.

Frapper n'est
jamais
acceptable.

Frapper
est
dangereux.

28

Avec tes mains, tu peux faire des gestes gentils et montrer ton affection...

Allez, tape dans la main de la personne à côté de toi!

Avec tes mains, tu peux dire…

Sayonara

Ciao

Bye!

Ádios

Les enfants et la violence

La violence est profondément ancrée dans notre culture. En tant qu'enfants et adultes, nous sommes tous exposés à la violence à la télévision, au cinéma et dans les jeux vidéo. Nous l'entendons dans la musique, nous la voyons autour de nous, nous pouvons en faire l'expérience personnelle. Malheureusement, beaucoup d'enfants subissent des abus physiques et sexuels de la part d'adultes.

Selon les spécialistes, les adultes violents croient souvent qu'ils ont le droit d'exercer leur pouvoir sur les autres. Se sentant impuissants dans certaines sphères de leur vie, ils apprennent à utiliser la violence pour retrouver un certain contrôle. Ces croyances et sentiments prennent racine dans l'enfance. Ainsi, en informant les enfants des raisons qui poussent les individus à frapper, il est important de tenir compte de la question du pouvoir. En tant qu'adultes, nous pouvons aider les enfants à sentir qu'ils ont le pouvoir de faire des choix positifs quant à la manière dont ils vont traiter les autres.

On ne frappe pas! est un outil que vous pouvez utiliser pour aider les enfants à comprendre qu'ils ont le pouvoir de choisir de ne pas blesser les gens. Le livre propose une façon d'aider les enfants à éprouver de l'empathie envers les autres, à résoudre des problèmes, à contrôler les impulsions négatives et à composer de façon constructive avec des émotions intenses comme la colère et la jalousie.

Vous pouvez renforcer ce message lorsque vous lisez le livre et en discutez. Vous pouvez aussi guider les enfants autrement en établissant, par exemple, des relations chaleureuses et affectueuses avec eux, en fixant des limites claires et constantes et en soulignant les conséquences qui sont utiles et constructives. Dites-leur aussi qu'il y a d'autres solutions que la violence, que la violence résout rarement les problèmes, qu'elle en crée habituellement d'autres, et qu'elle n'est ni divertissante ni amusante. Bref, montrez-leur que frapper n'est jamais acceptable.

Suggestions pour amorcer les discussions et activités

Salut de la main. Examinez toutes les manières possibles de dire bonjour avec la main : en l'agitant, en la levant ou en faisant le signe de la paix; en langage gestuel; en se serrant la main ou en enveloppant les mains de l'autre avec ses deux mains. Essayez les différents types de salut. Inventez votre propre manière de saluer, comme entrecroiser les petits doigts ou se prendre par le bras.

Mains amicales. Trouvez ensemble diverses façons d'exprimer la camaraderie en utilisant ses mains : comptines en tapant dans les mains, jeux en cercle et rondes en se tenant par la main.

Définir le mot « communication ». Expliquez le mot « communiquer » : le fait d'utiliser des mots ou des actions (comme écrire ou dessiner) pour dire quelque chose à quelqu'un. Expliquez que nous communiquons aussi nos émotions par notre visage, notre corps et le ton de notre voix.

Le langage des mains. Parlez des différentes façons dont nous utilisons les mains pour parler. Ensuite, faites des activités qui permettent de communiquer de manières différentes : utilisez des crayons, des marqueurs et de la peinture à l'eau ou au doigt pour écrire vos noms. Utilisez des charades, le dessin ou le langage gestuel pour exprimer des actions comme manger, dormir ou construire. Servez-vous de vos mains, ainsi que de votre visage et de votre corps, pour exprimer diverses émotions.

REMARQUE : Soyez sensible aux différences culturelles relatives aux gestes de la main. Par exemple, pour de nombreux Nord-Américains, un pouce levé signifie que tout va bien; pour d'autres, le même signe peut être perçu comme un geste obscène.

Les blessures. Parlez aux enfants des blessures physiques et psychologiques qu'un coup inflige. La personne frappée et celle qui frappe sont toutes les deux blessées. Parlez des raisons qui peuvent inciter les gens, parfois, à vouloir frapper — parce qu'ils sont peut-être en colère ou bouleversés à cause de quelqu'un ou de quelque chose.

Visages expressifs. Ensemble, trouvez autant de mots que possible pour décrire des émotions. Demandez aux enfants de dessiner ou d'exprimer avec leur visage chacune des émotions.

Tableau des émotions. Dessinez un tableau que les enfants ou les membres de la famille pourront utiliser pour montrer comment ils se sentent. Sur des papillons adhésifs, dessinez des visages simples exprimant diverses émotions. Écrivez les noms des enfants ou des membres de la famille au haut du tableau. Invitez les enfants à coller sous leur nom le papillon correspondant à leur émotion.

Gérer les émotions. Dites aux enfants qu'il est normal d'éprouver des émotions fortes comme de la colère, de la jalousie ou de la peur. Il existe des manières acceptables d'exprimer ces émotions et de les évacuer – des manières sécuritaires qui ne vont blesser personne. Parlez des idées présentées dans le livre et encouragez aussi les enfants à suggérer d'autres façons de gérer les émotions intenses.

Chasse à la main. Déposez des objets dans une boîte ou un sac, puis fermez les yeux et utilisez vos mains pour les reconnaître.

Jeu des empreintes. À l'aide d'un tampon encreur lavable, imprimez vos empreintes digitales sur du papier pour faire des dessins. Remarquez à quel point chaque empreinte est unique. Transformez vos empreintes digitales en visages, en gouttes de pluie, en feuilles d'automne ou en étoiles.

Sans mains. Mettez vos mains dans votre dos pendant cinq minutes. Voyez comment on se sent quand on ne peut pas utiliser ses mains en parlant, en jouant ou en travaillant.

Mains partenaires. Mettez une main dans votre poche, puis essayez de fabriquer une créature en argile ou une structure avec des blocs en utilisant une seule main. Ou travaillez deux par deux : chaque personne utilise une main, ce qui en fait deux en tout. Essayez une activité similaire pour jouer d'un instrument ou faire de la peinture. Parlez de la manière dont deux personnes travaillant ensemble peuvent créer quelque chose d'amusant et d'unique. Et si ces deux personnes décidaient de se disputer au lieu de travailler ensemble? On aurait deux personnes en colère et aucune construction, ni musique, ni peinture. Prenez le temps de parler des différentes façons dont les gens utilisent leurs mains pour jouer, apprendre et travailler ensemble.

Résoudre des problèmes. Demandez : « Est-ce que toi et un ami, vous avez déjà eu un problème à résoudre? Que s'est-il passé? » Discutez de situations où les enfants pourraient avoir à résoudre un problème. Faites des jeux de rôles. Présentez diverses solutions.

Éviter les disputes. Encouragez les enfants à trouver différents moyens pour éviter les disputes ou d'autres formes de violence. Aidez-les à choisir les adultes qui peuvent les aider.

En sécurité. Trouvez différentes façons de rester en sécurité et mimez-les.

Dire « non ». Un aspect important de la sécurité d'un enfant réside en sa capacité de savoir comment réagir lorsqu'un autre enfant ou une personne plus âgée que lui tente de lui faire faire quelque chose qui ne lui paraît pas bien. Dites aux enfants qu'ils peuvent dire « non » d'une grosse voix, fuir vers un lieu sûr et raconter à un adulte en qui ils ont confiance ce qui leur est arrivé.

Parlez-leur des choses auxquelles les enfants disent « non » (se disputer, être méchants, faire des jeux dangereux). Encouragez les enfants à trouver les mots ainsi que les gestes des mains et du corps pour dire « non ». Discutez ensemble des différentes manières de dire « non » : « Arrête. » « Je ne veux pas jouer à ce jeu-là. » « Je n'ai pas envie de faire ça. » « Ça me met en colère. » « NON. » Aidez les enfants à choisir des adultes de confiance à qui ils peuvent parler des choses qui leur semblent inappropriées.

Se sentir en sécurité à la maison. Les enfants doivent aussi savoir qu'ils peuvent se protéger de la violence à la maison. Voici quelques suggestions pour les enfants et les adultes :

Quatre choses que les enfants peuvent faire en cas de violence à la maison

1. Détermine à l'avance un endroit sécuritaire où te réfugier quand une dispute éclate.

2. Rends-toi à l'endroit sécuritaire et dessine, lis ou joue.

3. Si tu ne te sens pas en sécurité, appelle le 911. Donne ton nom et ton adresse au téléphoniste et dis-lui qu'il y a une dispute.

4. Parle des disputes avec un adulte en qui tu as confiance. S'il n'y a personne à la maison pour t'aider, parles-en à un de tes grands-parents, à une tante ou un oncle, à un professeur, à une gardienne ou à un chef religieux.

REMARQUE : Si vous soupçonnez qu'un enfant est victime de violence, veuillez contacter les services sociaux, le service de bien-être de l'enfance, le service de police ou la direction de la protection de la jeunesse de votre localité. Si vous êtes enseignant dans un établissement public ou privé, consultez tout d'abord le directeur de l'école pour savoir quel est le plan d'action approprié.

Quatre choses que les adultes peuvent faire en cas de violence à la maison

1. Appelez le 911.

2. Appelez le numéro d'urgence d'un refuge local.

3. Parlez avec un conseiller familial, un thérapeute ou un membre du clergé. Le conseiller de l'école de votre enfant peut aussi vous orienter vers un service d'aide. Des services gratuits ou à faible coût sont souvent disponibles. Poursuivez vos recherches jusqu'à ce que vous trouviez une personne ou un organisme pour vous aider.

4. Restez chez des amis ou des membres de la famille.

Un coup de main. Utilisez vos mains pour mimer les services décrits dans le livre. Parlez des autres services que les enfants rendent ou peuvent rendre à la maison et à l'école. Mimez aussi les nombreuses choses que les gens font chaque jour pour prendre soin d'eux-mêmes et démarrez une discussion sur le sujet : dormir, faire de l'exercice, se laver, manger des aliments sains, etc.

Le cœur sur la main. Parlez des nombreuses façons dont les gens peuvent utiliser leurs mains pour démontrer de la gentillesse et de l'affection. Lorsque vous parlez de câlins, précisez bien que le câlin est agréable quand les deux personnes sont consentantes. Faites savoir aux enfants qu'ils peuvent refuser un câlin et qu'il est souvent souhaitable de demander aux autres s'ils en veulent un.

Un salut de la main. Créez votre propre geste pour dire « au revoir ».

Notes sur l'auteure et l'illustratrice

Martine Agassi, Ph.D., est l'auteure et la créatrice du livre jeunesse primé *Hands are not for hitting* (version originale de *On ne frappe pas!*) qui a inspiré la série *Best Behavior* de Free Spirit Publishing. À titre de thérapeute du comportement, Mme Agassi possède une vaste expérience acquise auprès des enfants et des familles dans les écoles, les établissements résidentiels, les familles d'accueil et en clinique privée. En outre, elle a dirigé des ateliers et des orientations de groupe sur les thèmes de la communication, du rôle parental, de la prévention de l'abus des drogues et de la violence faite aux enfants, du divorce et de l'estime de soi. Martine, son mari et leur fille vivent à Las Vegas, au Nevada, É.-U.

Marieka Heinlen a débuté sa carrière en illustrant l'édition originale du livre jeunesse primé *Hands are not for hitting*. Depuis, elle a illustré de nombreux ouvrages pour jeunes enfants dont d'autres titres de la série *Best Behavior* et la série de livres plastifiés *Toddler Tools*. Illustratrice et designer pigiste, Marieka axe son travail sur des livres destinés aux enfants, aux adolescents, aux parents et aux enseignants. Elle habite à St. Paul, au Minnesota, É.-U. avec son mari et son fils.

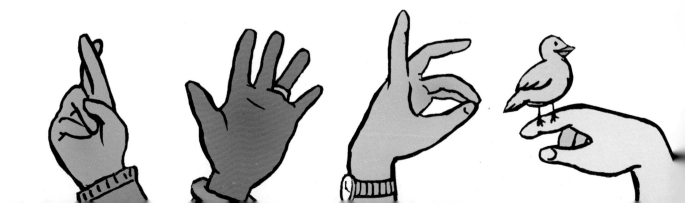